作者簡介

雅娜 • 博德娜洛娃（Jana Bodnárová）

斯洛伐克著名作家、編劇，話劇家，生於西元 1950 年 6 月，「藝術理論」為主要專業。目前以作家、戲劇家、藝術史學家在斯洛伐克東部的城市科希策生活。

1995 年，出版首部兒童文學作品《掙斷的項鏈》，後來陸續出版《艾伊卡的塔》、《巴爾波爾卡的影院》、《13》、《蒂塔》等九本兒童讀物。其中《艾伊卡的塔》在 2000 年獲得兒童國際圖書評議會「聯合國教科文組織的寬容獎」的提名，並在 2015 年譯成斯洛文尼亞語。《13》在布拉迪斯拉瓦國際插畫雙年展（BIB）上被授予 2012 年度「最美的兒童圖書」獎，並在 2017 年翻為斯洛文尼亞語。2015 年，《蒂塔》在布拉迪斯拉瓦國際插畫雙年展上，被評為 2014 年度「最美的兒童圖書」。

譯者簡介

梁晨（Chen Liang Podstavek）

出生、成長在北京。北京外國語大學歐洲語言系、斯洛伐克語暨外交學雙學士學位。之後前往斯洛伐克誇美紐斯大學哲學院攻讀碩士和博士學位。主攻跨文化交際，對兒童文學情有獨鍾。

目前與先生一起在臺灣的斯洛伐克經濟文化辦事處工作。工作之餘翻譯臺灣與斯洛伐克的兒童文學作品。在臺灣介紹斯洛伐克的優秀兒童讀物，並向斯洛伐克出版社推薦臺灣的原創兒童文學作品。

繪者簡介

南君

出生於屏東長治，小學時期被一頁頁精緻的插畫繪本啟發，也看見了未來志向。

喜歡創作前喝杯黑咖啡，喚起靈魂後，在一個只有自己的小房間拿起畫筆開始紙上造夢。堅持手繪的方式，因為喜歡水彩在畫紙上跳舞的感覺；有時它還會不受控制，但想保有只有一張「原稿」的堅持。

臉書粉絲頁：www.facebook.com/nanjunwhite/

雅娜 · 博德娜洛娃 Jana Bodnárová／文
梁晨 Chen Liang Podstavek／譯
南君／圖

艾伊卡的塔

Dievčatko z veže

獻給親愛的揚科

有時候常常會出現這種情況，就是我們的腦袋裡總會圍繞著一個念頭，出現好多好多的想法，就好像蜜蜂會不停的圍著蜂蜜罐或是果汁，不停的嗡嗡打轉，怎麼趕也趕不走。正巧今天，外面正值十二月嚴冬，小女孩艾伊卡就有這樣的親身經歷。

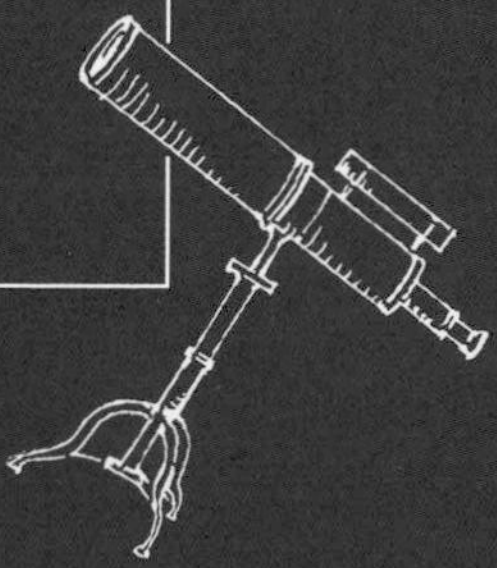

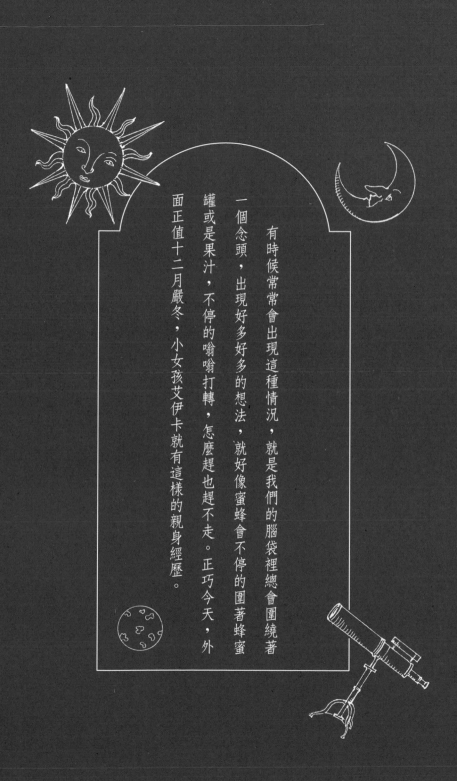

艾伊卡的塔

目錄

導讀

推薦文

1 尋找另一個自己

據說我們每個人在這個世界的某個角落，都可以找到一個跟自己完全相同的人。艾伊卡一邊心裡這樣念叨著，一邊在自己的房間裡踮著腳尖踱步，小心翼翼的，似乎生怕嚇走了這個念頭。

「假如真是這樣，即使我沒有兄弟和姐妹，那我也不是孤單一個人了。我了解媽媽，我是不會再有弟弟妹妹了！」艾伊卡說著鼓起了小臉蛋兒。她的媽媽總是說，誰

要是在家裡有這麼一個像艾伊卡的小女孩，那就好像家裡一下子來了五個小孩子那樣熱鬧。五個小孩子可不是鬧著玩的哦！

艾伊卡拿著媽媽從威尼斯帶給她的禮物，開始端詳自己的小臉，那是一個湛藍色玻璃的小鏡子，邊上鑲嵌著綻放的玫瑰。她自言自語說：

「另一個艾伊卡長得就和鏡子裡的我一模一樣嗎？真遺憾，另一個我不能比我年紀稍微大一點！大一點的女孩子都比較好！」

艾伊卡在鏡子中看到的自己是這樣的：在不大的小臉上

閃著一雙彎彎的、深邃發亮的眼睛。艾伊卡自己認為嘴唇有一點偏厚，所以總是喜歡抿著小嘴，她媽媽經常為此說她「就像禿頂的歌唱家忘了戴假牙一樣」。嘴唇後方藏著一口整齊潔白的小尖牙。還有一頭黑色的直髮，腦門上留著像日本小學生那樣整齊的瀏海。艾伊卡開始思考，另一個她會在哪個國家生活呢？她的父母是窮人還是有錢人？會

不會另一個她現在也像自己一樣，正端著鏡子在想這些難以捉摸的事情呢？可能另一個她也是獨自一人跟媽媽生活在一起。可能她的媽媽也是一位建築師，能畫出有波斯地毯的漂亮商店、高山上的旅館酒店、市中心寬敞的銀行、鄉下駝背老爺爺們常去的祈禱堂，或是給洋娃娃住的超級棒的小房子。要是艾伊卡的另一個她也住在塔裡，那簡直是太好了！

在市郊，艾伊卡和媽媽的確住在真正的塔裡面。從塔的外面看，就像每一座其他的古塔，顯得非常神祕，不可接近。但是塔的裡面，按照艾伊卡媽媽的圖畫設計，真的是

非常舒適。塔底是媽媽和朋友們的工作坊，她們全是建築師和繪圖師。那裡伴隨著播放的輕音樂，電腦嗡嗡作響。偶爾艾伊卡在樓上自己的房間裡能聽到笑聲或是辯論聲，那一定是媽媽和她的同事們為了新建築的設計起了爭執。

在塔的上半部是媽媽和艾伊卡的房間，還有客房、盥洗室、書房、廚房和令人害怕的儲藏室。其實比儲藏室更嚇人的是塔頂，那裡常常會飛來鴿子和燕子，撲騰撲騰拍著翅膀，還會唧唧喳喳熱鬧的叫著。所以在這神祕的塔頂，即使藏了一個國王都不成問題！在塔的中間是一部巨大的螺旋形樓梯，像一條大大的彎曲的鐵蛇，全身被漆成了灰藍色，一頭是巨蛇的大嘴，另一頭是蛇尾。但是又有誰會害怕像蛇一樣的樓梯扶手呢？艾伊卡肯定不會！塔裡的光線很亮，據說是因為這座塔是一個富翁為城裡的一位女話劇演員蓋的。這不是像以前在老城廣場上的教堂邊上修塔那樣古老的事。艾伊卡的塔沒有厚重的牆壁，窗戶又高又寬大，塔裡灑滿了光亮。

「另一個我叫什麼名字呢？」艾伊卡正在想，她可能只知道三、四個德文和英文名字。「但是另一個我也可能生活在法國或是……或是乾脆在日本！所以我有很奇怪的彎彎的眼睛！」只是艾伊卡連一個日本女孩名字都不知道，

甚至想不起她媽媽講過的，那位非常悲傷的日本公主的名字。

艾伊卡只是在今天早上才從紫達阿姨那裡聽說：每一個人在世界上都有另一個自己。媽媽曾經笑著說，一頭黑色亂蓬蓬頭髮的胖紫達阿姨是一個魔法師。因為紫達阿姨會用塔羅牌占卜，也會在口袋裡裝著各種神奇的小石頭，脖子上的項鏈也都是這些有魔力的小石頭串起來的。艾伊卡非常喜歡紫達阿姨，儘管她的年齡不小了，而且有時候身上還會有各種奇怪的植物精油味道，那些都是她自己從植物裡萃取出來的。紫達阿姨也鍾愛艾伊卡。因為，艾伊卡還很小的時候，有一次她跟紫達阿姨說：

「紫達阿姨，我好喜歡你，我永遠不允許你從這個世界上離開！」紫達阿姨聽了之後，像大象那樣用力擤了擤鼻子，感動得大哭起來。從那以後，艾伊卡成了紫達在她爸爸好友的女兒中最喜歡的一個小女孩。

比起艾伊卡，紫達阿姨更喜歡的人可能只有她那年邁的爸爸了，她管自己的爸爸叫「我的老爺爺」。所有其他的

人，包括艾伊卡在內，都只簡單的稱呼他為爺爺。

有時候，艾伊卡的媽媽不得不出席一些建築落成儀式的招待會、音樂會，或者有時和自己的建築師團隊為參加各種比賽，不得不緊鑼密鼓的準備他們一起設計的建築紙模型時，紫達阿姨就會把艾伊卡帶到自己和她爸爸的家裡。

他們住在老城廣場上的一棟老房子裡。一樓是售貨員凱特阿姨和艾娃阿姨賣瓷器的地方，樓上是寬敞奇特的大房間。為什麼說奇特，因為幾乎在每一個房間裡，都排列著像博物館一樣的大型玻璃櫥窗展示櫃，玻璃後面陳列著各種各樣的石頭。

「你看，我的孩子，有的人蒐集蝴蝶標本，有的人蒐集明星的簽名，有的人蒐集老汽車，還有的人蒐集錢幣……我呢，我蒐集石頭。」老爺爺對艾伊卡這樣說，他湛藍的雙眼洋溢著慈祥的微笑，頭髮像雪花一樣白，身高嘛，他可以去花園裡扮演一位和藹可親的小矮人。

「我一輩子都做這個工作，我蒐集了一輩子石頭。我是地質學家嘛！」老爺爺自豪的說出一個陌生的詞彙來。

「這些石頭對我來說就像人一樣，可以告訴我很多很多的事情。比如，我們的星球長什麼樣子啦，怎麼發展的啊，怎麼成長、變老的啊……你在櫥窗裡看到的所有的一

切，簡直就是時間的博物館！」老爺爺興奮的眨著眼睛，兩隻蒼老乾癟長著老人斑的大手握在胸前。

「我的這些石頭怎麼樣，漂不漂亮？這片頁岩、砂岩、花崗岩、片麻岩……這塊石頭……是斯洛伐克杜布尼克的蛋白石。這個是流紋岩、安山岩，玄武岩……告訴我，你喜歡哪個？」

「我嗎？這個綠色的。我家裡烏龜的顏色就是這個顏色。」

「這是孔雀石。」

「那這個漂亮的藍色那個呢？就是後面那塊。我就想要這種顏色的眼睛！」

「這是天青石，真是漂亮。但是你的眼睛像這塊紫水晶，深紫色的。終有一天會有一個人將對這對眼睛念念不忘。肯定會有小伙子被你完全傾倒，哈哈哈！」老爺爺開心的笑起來，接著說：

「比起人們來說，石頭可能更美。你看這一塊。」老爺爺難掩激動的說著，艾伊卡在他眼角看到了閃亮亮的淚光。老爺爺就像拿寶石那樣小心翼翼的從玻璃展示櫃中取出了一塊灰色的小石頭，放在艾伊卡的手心上。

「現在，我的孩子，現在你手中握著奇蹟！你手掌上拿

的是3.8億歲的三葉蟲！早已經滅絕了的節肢動物。從非常非常久遠以前的年代留下來的。嗯，怎麼樣？這不是奇蹟嗎？」老爺爺繞著艾伊卡手舞足蹈，就像印第安酋長在高興的跳舞一樣。這時紫達阿姨走進了房間。她一手端著一杯烘焙咖啡，另一手拿著一個配咖啡喝的李子乾。

「我可要跟我親愛的艾伊卡說一點別的。這個天青石可以安撫人們內心的不安。紫水晶的好處在於可以安神，提高勇氣……這種玉髓支持直率和耿直的個性。能幫助我們加強意志的是虎眼石。粉色珊瑚能增進友誼……」

「不不不……我一輩子搞的是科學，我女兒卻沉迷於幻想！」老爺爺抗議道。但是紫達阿姨只是哈哈大笑，笑得她長長的白水晶耳環都甩到嘴唇上了。然後她就像談這世界上最天經地義的事情一樣，繼續說：「等有一天老爺爺永遠閉上眼睛的時候，也不要再醒過來了，他的靈魂一定會繼續活在某一塊漂亮的石頭裡面。」

老爺爺拉著艾伊卡來到了另一個房間，牆上掛著一幅非常古老的畫像。這是一個男人的肖像畫，老爺爺告訴艾伊卡：

「這是一位偉大的詩人。他的名字是楊科・格拉爾（譯注：Janko Kráľ, 1822-1876，斯洛伐克浪漫主義時期的

著名詩人）。你將來會在學校裡學到他的詩。除了這個，我還想告訴你的是，他是我祖母的祖母的表哥。我媽媽告訴過我，楊科曾經有一頭薑黃色的頭髮，不是畫像上的樣子。據說他的脾氣特別壞，是個很古怪的人。一個人獨來獨往，很有反叛精神。但是作為詩人是非常了不起的！你聽這幾句：

我的心與你緊緊相依（TO MOJE SRDCE NA DVOJE SA KÁLA），

渴望在燃燒，意志卻消散。（ŽE TÚŽBY HORIA A VÔĽA ZAHÁĽA）。

艾伊卡一下子安靜下來，臉上寫滿了不解。

「哦，在你的年齡還理解不了這幾句詩。但是我啊，我總是被這幾句感動得不得了。」老爺爺鬆開握緊的雙手，抹去了眼角泛出的淚花。艾伊卡看了趕忙說：

「這幾間房間是世界上最美的石頭博物館。」

老爺爺聽了又眉開眼笑了，他接著補充了一句：

「我也算得上是其中一個寶貝樣品呢！」

艾伊卡儘管沒聽懂老爺爺說的最後一個詞，但也開心的哈哈大笑起來。

2

飛行員老爺爺寄來的明信片

艾伊卡已經放下了小鏡子，默默的看向窗外。可以看到一片灰沉沉的天空，有的地方幾乎是烏黑的顏色，像洗不出本色的舊烤盤一樣。兩隻黑色的小鳥從玻璃窗前拍打著翅膀一閃而過。

「要不是這種糟糕的天氣，我早就去老爺爺家樓下的瓷器店了。」艾伊卡暗自想著，「已經十二月了，我該給媽

媽準備聖誕禮物了。比如雪花玻璃球，裡面是翩翩起舞的芭蕾小娃娃，只要搖一搖，玻璃球中的雪花立刻會紛紛揚揚、從天而降。媽媽一定會喜歡看小玻璃球裡動感十足的這一幕。」

艾伊卡馬上從抽屜暗格中取出了一只小鐵箱，那裡面全是她收藏的的寶貝：有從維也納寄來的明信片、五顏六色的小珠子、還有老爺爺送的藍石頭。這塊藍石頭被特意保存在一個小小的黑色金屬茶葉罐裡，茶葉罐上畫著金色和紅色的中國小人兒，還有大樹和美麗的小鳥，旁邊還有一條龍的圖案。除了這些，百寶箱裡面還有一塊艾伊卡最好的朋友達爾卡送的方形手帕、媽媽好朋友送的珍珠白大鈕扣，還有一張從紫達阿姨那裡得到的塔羅牌。牌上印著THE TOWER的字樣，上面畫著一座看起來有點可怕的白塔，因為畫面上白塔被閃電擊中，還有人從塔窗掉落下來。但是紫達阿姨安慰艾伊卡說，這張牌僅僅說明生活中有巨大的變化，而不是會發生其他什麼不好的事情。艾伊卡的寶箱裡

還有一些平時省下來為買聖誕禮物的硬幣和紙鈔。

「我實在很想知道，另一個我是不是也在百寶箱裡藏著什麼好東西？或者也有像達爾卡這麼棒的好朋友？她會不會也跟我一樣有這麼多錢啊？世界上存在著兩個完全一樣的人，這件事有可能跟老爺爺的那些石頭一樣，有些長得完全相似，難以區別，但卻是完全不同的石頭……」艾伊卡自己解答不了自己的問題，「哼」了一聲，無奈的聳了聳肩膀，接著趕快把心愛的寶貝小心翼翼的放回抽屜的暗格裡收好，因為有人正在不停的按門鈴。

「怎麼總是這樣！建築師們當然都在工作，這次又要我去開門！」艾伊卡氣鼓鼓的，飛快的沿著樓梯跑下樓去。塔門口站著郵差，遞給了艾伊卡一疊報紙和信件。郵差最後還從中間抽出了一張明信片，非常不滿意的說道：

「那個法國老瘋子給你們寄了這個！據說同款的聖誕卡片，他也寄給住在大鐘大街的老科瓦奇娃夫人和比亞特太太！人家都已經八十五歲了！他還給人家寄去這麼莫名其妙的東西！也不害臊！給年紀大的夫人們寄這樣的聖誕卡片，真是的！」郵差阿姨喋喋不休，儘管她的年齡也已經不小了。

明信片上是另一個艾伊卡認識的老爺爺。他叫艾田，住

在巴黎。在明信片上，哦，其實也就是他的照片。他只穿著一條游泳短褲，他身邊站著兩個幾乎沒穿衣服的巧克力膚色的姑娘，只有鮮花串成花圈遮在胸前。周圍到處是盛開的鮮花和綠樹。後面是豔陽照耀下碧藍色的大海。明信片背面是顫抖的字跡：「聖誕快樂，我的美人兒們！

我非常盼著再見你們！」

「這是艾田開的玩笑。」艾伊卡認真的說，儘管心裡早就樂不可支了，她知道她媽媽也一定會哈哈大笑的，因為她最欣賞這些怪點子。艾伊卡把厚重的大門關上了。

當艾伊卡打開工作室房門的時候，看見建築師們面前的電腦螢幕上閃過色彩豔麗的大樓。艾伊卡的媽媽一隻手舉著電話，另一隻手在電腦鍵盤上敲字母。艾伊卡低聲嘀咕

了一句問候，接著把一大疊報紙和信件扔到桌子上。

「我們的小姐是不是沒睡好覺啊？」繪圖師正對著一面大鏡子擦口紅，朝艾伊卡眨了眨眼睛。但是艾伊卡沒應聲，只是把艾田寄來的明信片拿在媽媽面前晃了晃。

「需要做好準備，可能要烤一些小熊掌點心！」媽媽繼續說。

媽媽睜大了眼睛盯著明信片看了一小會兒，迸發出一陣大笑，笑得前仰後合，驚天動地，連話筒另一邊都傳來緊張的聲音：「喂？喂？您還在嗎，建築師？出什麼事兒啦？喂？喂！」

媽媽馬上結束了電話，艾田那張被美女包圍著的明信片從媽媽的左手傳到右手，媽媽拿起鉛筆和小尺貼在明信片四周作畫框，直接把明信片粘在了鏡子上。

「小熊掌點心！」艾伊卡可不是無緣無故這麼叫它的。原來，艾田這個夏天曾經參觀過她們塔裡的家。據說艾田好幾年了，一直想認識艾伊卡的媽媽，因為艾田研究家譜，艾伊卡的媽媽是他最後一個尚在人世的表姐的重孫

女。他表姐現在住在布達佩斯，以前艾田也曾在那裡生活過。對艾伊卡來說，那裡是一個完全陌生而神祕的城市。艾田以前的名字叫萊溫特，是二戰期間的一名飛行員。他的飛機在克里米亞半島上空被擊中，只有韃靼人願意救他的性命。他們承襲他們的祖先在很久以前所做的那樣，用牛脂塗在傷口上，然後把身體裹在毛氈裡面。戰爭結束以後，萊溫特去了法國，後來一直定居在那裡。換了新名字，是因為他想完全的忘記過去，永遠和回憶道別。就這樣，一個六月的午後，艾田先在布達佩斯剛和自己最後一個表姐，一起慶祝他自己七十五歲的生日，轉眼就來到艾

伊卡媽媽住的城市，這裡也是他表姐度過童年的地方。

「這樣的塔啊！真是個棒極了的好住處！簡直是奇蹟耶！」老艾田鼓起了掌。當媽媽把一整盤紫達阿姨和艾伊卡共同烘焙的「小熊掌點心」端上桌的時候，艾田簡直樂得開了花，吃了一個又一個，直到盤子空了才罷手。

艾田吃的時候，還用老爺爺特有的細嗓音滔滔不絕的說著：

「在這片土地上人們總是會吃好東西！真好吃！全是手工做的！不是用機器做出來的麵糰。在法國，人們都不知道什麼

才是好麵包，因為現在已經沒有人用手擀麵糰做麵包了。道地的好麵包有聲音。你們把它拿到耳朵邊，好好聽一下。」艾田把貝殼形的可可小熊掌點心靠近耳朵：

「哦，沒錯！有美妙的聲音，太動聽了！聽！……大海在裡面嘩嘩作響。」

艾田就是這麼一個怪老頭兒。嘿，還有呢！艾伊卡有一次透過門上的鑰匙孔，偷窺艾田上床睡覺。只見艾田穿上了一件黑色的長統襪式的睡褲，還有一件黃色的真絲襯衫。眼睛上還戴了一個飛機上發給旅客用的那種眼罩。

「媽咪，他好像有點不正常了！」艾伊卡肯定的說，她向媽媽報告她看到的一切。

「你這種偷看行為，這真是太不應該了！再說，艾田是一個老人了，你知道，他經歷了太多不好的事情。他這一輩子可不容易呢。現在他有權利好好享受生活，願意怎麼樣就怎麼樣。你別去做評判別人的嚴厲大法官！」

「那，他穿著長筒襪睡褲，是怎麼回事？」

「那可能是法國最新潮的流行穿法。」媽媽聳了聳肩。

THE TOWER

3 好朋友的哥哥是壞蛋

艾伊卡現在飛快的沿著有如鐵蛇般的樓梯往上跑，因為她怎麼也想不起來，到底在郵差阿姨按門鈴之前有沒有把自己的寶貝藏好。要是她的寶貝哪怕只弄丟了一樣，她也會非常難過傷心的。艾伊卡就像動物園的小老虎，一顆心怦怦直跳，因為她擔心會有人偷看那張從維也納寄來的明信片。那是雜技團裡的小伙子強尼寫給她的。明信片上只有一句話，對別人來說可能聽起來很可笑，甚至像一句咒

語：

「永遠崇拜你、喜歡你的強尼・吞。」

原來是這麼一回事：

艾伊卡在這個世界上最好的朋友是達爾卡。怎麼說她是最貼心的好朋友呢？在艾伊卡十歲生日那天，她倆一起偷偷吸了第一支香煙。她們互相遞了一支煙，儘管達爾卡咳嗽個不停，嗆得長滿雀斑的小臉滿是眼淚，但也堅持到最後。儘管艾伊卡也覺得腦袋搖搖晃晃的，但她還是聽見了媽媽回家的聲音。艾伊卡飛奔到洗手間，往嘴裡放了一點牙膏，這下子她感覺更糟了。她又接著趕緊把塔窗都打開，在空氣中使勁揮動著小手，想快點把煙霧趕出房間去。達爾卡也在一邊使勁兒幫忙，一點兒也沒有驚得大呼小叫。

而達爾卡的哥哥沙諾是另一種人。每當艾伊卡去他們家做客的時候，沙諾就用嘲弄的眼神看著達爾卡，只要她隨便說點什麼，沙諾馬上就拐彎抹角的對她說：

「怎麼搞的？你在塔裡待傻了吧？」這樣說，是因為他

認為妹妹的想法都是瘋瘋顛顛的。但艾伊卡知道，沙諾其實是在嘲笑她住的塔。有一次沙諾又來勁兒了，咧著嘴裡的大牙縫：

「你們的塔裡有沒有鬼魂飄蕩？據說世界上所有的塔裡面都很恐怖。」接著還說了一句：「住在塔裡，這個主意，嘖！」他很不屑的樣子。

「但我媽媽可是保護了這座古塔。要不早就該塌了！這是歷史文物，你到底懂不懂這究竟有多大的意義？」

只是，這個比艾伊卡高一個頭的沙諾，並不罷休：

「我爸說，建築師是藝術家，據說在塔裡的所有藝術家都會被鬼魂嚇到，哈哈哈！」要不是達爾卡往她哥哥頭上扔了一本數學書，沙諾搞不好還會再強撐著多笑一會兒，現在他腦門上磕紅了一大塊，氣得他紅頭髮像刺蝟一樣，一根一根立起來了。

想到這裡，艾伊卡心想，我真希望另一個我就像達爾卡那樣。只是永遠、永遠都不要有像沙諾那種壞蛋跟在身旁，他總是陰陽怪氣，說話像跳躍的乒乓球，聲音一會兒

高一會兒低，還有滿頭就像火焰的紅頭髮，誰碰著就會被火苗燎到。

4 情竇初開的滋味

有一次，有個男孩子來到沙諾班上學習一個禮拜，他的名字叫強尼。他是跟隨赫卡德馬戲團來到這個城市巡演的小丑演員，馬戲團五輛大篷房車組成的車隊帶來了巨大的帳篷，強尼在馬戲團傳單上的名字顯得十分神祕：小丑——強尼・吞。老師恰巧把新同學安排坐到沙諾身邊。強尼沒幾下就教會了自己的新同學吞吐乒乓球。強尼可能也像紫達阿姨一樣，知道好多小魔術，他的小把戲真是多到

數不過來。正因為如此，在短短的時間裡，強尼就博得了所有人的好感。就連壞脾氣的紅髮沙諾也包括在內。在縫著巨大銀色星星的藍色帳篷下，小丑強尼・吞能施展的本事多極了，可遠遠不止吞吐乒乓球了。

在帆布的圓頂下方掛著整整一圈小燈泡。空氣中混雜著木屑和女士香水的味道，那裡有女馴獸師、女雜技演員，還有個蛇女在錦緞枕頭上扭動，就像全身的骨頭被抽走了一樣柔軟。

艾伊卡有幸親眼看到了這一切，這還多虧了強尼，因為是他邀請了沙諾、達爾卡和艾伊卡一起來看赫卡德馬戲團在這個城市的最後一場晚間演出。

演出剛剛開始的時候，強尼的哥哥演奏著狂躁的重金屬樂。另一個哥哥領著馴服的山羊走到場地上來熱身。強尼的媽媽帶著幾隻小貴賓犬表演小節目，強尼的爸爸在一旁吞火炬。強尼的姐姐在鋼索上騎腳踏車，還一邊做很多雜技動作。除了他們，還有幾位雜技演員穿著亮閃閃的表演服在高空盪秋千，在空中翻跟斗，然後再手拉手。接著出現了那個讓艾伊卡害怕的蛇女。當化了小丑妝的強尼一出場，人群中爆發出一陣笑聲。他先把身上口袋裡的硬幣全部吞進了肚子，然後又一個接一個的吐出來。又向觀眾

借了一隻手錶，也一起吞進了肚子。最後把魚缸裡的小魚也吞進了肚子，但吐出來的時候，小魚卻都跑到了玻璃彈珠中，強尼還吐出了很多水，據說是為了讓小魚自在的游泳……

強尼跟艾伊卡透露過，所有爸爸教他的把戲都是跟一個英國魔術師學的，在英語課本裡有一篇介紹他的課文，據說這個魔術師還可以變出很多更讓人驚奇的魔術，比如吞下玻璃杯，然後再從肚子裡吐出來。強尼的願望就是真正學會這位魔術大師的「獨門絕學」——把一個打亂的魔術方塊吞下肚子，再吐出來的時候呢，就已經是重新擺好顏

色的魔方了。

「你是怎麼變出來的？說一下嘛，至少告訴我一點點……」沙諾在學校裡不讓強尼有一點安靜的時候。但強尼只是微笑著說：

「那位英國魔術大師說，胃裡面的肌肉就像靈活的手指一樣，如果好好訓練，我們想讓它幹什麼就幹什麼。你相信就相信，不信就算嘍！」

表演結束後，強尼沒來得及洗淨臉上畫的小丑妝，就陪我們這些小夥伴們回家去。沙諾問了一路變魔術的祕訣。

「那個英國人還知道什麼有意思的把戲？」

「會把上好的鎖吞下去，然後吐出來時是打開的鎖。」

「不可能！這是瞎編的！」

「今天你看了這麼多，還覺得不夠呀？」強尼做了個鬼臉。

「那個變小魚的魔術真的是很棒哦。簡直太好玩了。」

艾伊卡說，他們正巧走到噴泉邊上。噴泉中，立的是一個小女孩銅像，上方有一個大肚水罐嘩嘩的往下流著水。又大又圓的月亮在地面撒了一片銀白，噴泉水花飛濺，大水罐裡的清水源源不斷往下流，銅像小女孩圓圓胖胖的小腿被水洗得乾乾淨淨。她炯炯有神的銅色雙眼望著強尼，強尼卻只望著艾伊卡。沙諾和達爾卡已慢慢走遠了。這時

強尼把化著妝的臉貼近艾伊卡，艾伊卡看著強尼描黑的大眼睛感到一陣眩暈。以至於強尼溫潤的嘴唇輕輕吻了她的時候，艾伊卡自己都分不清，到底是第一次有男孩子親了她，還是只是微風吹來了噴泉的水霧。

第二天強尼沒有來學校。沙諾下課的時候告訴艾伊卡，一大清早，馬戲團的人就已經把所有的動物趕到拖車裡，收起了大帳篷，赫卡德馬戲團離開了他們的城市。據說，去了維也納。

艾伊卡這一天逃學了，她朝著她認為馬戲團離開的方向一直奔跑，她想，這是她這輩子見過最棒的馬戲團。

當紫達阿姨來他們家做客時，艾伊卡的媽媽跟她抱怨：

「她做什麼都心不在焉，糟糕透了。」

「我也看見了！簡直就像是丟了魂兒似的！」

艾伊卡就不懂了。她們大人怎麼會猜到，只要她一閉上

眼睛，就看到強尼化了妝的白臉在自己面前。她能感覺到他呼出來的，讓人覺得癢癢的氣息，之後呢，之後就是最美妙的——她在自己嘴唇上感受到了強尼的吻。

紫達阿姨在桌面上攤開她的塔羅牌，隨意抽出了幾張，像是自言自語：「這是很有力量的女神哦……月亮！這個赫卡德是怎麼回事？是月亮女神嗎？嘿，我說，那個馬戲團不是叫赫卡德嗎？就是上星期從我們這兒離開的那個馬戲團？」

艾伊卡打了個激靈，這些占卜的卡片差點把她的祕密洩露出來了！

5 草地上的森林小精靈

現在艾伊卡剛好跑回自己的房間，當她看到寶貝都在隱祕的地方藏得好好的，還有那張從維也納寄來的明信片，她頓時鬆了一大口氣。只是，夏天察覺到她小祕密的紫達阿姨，可沒有那麼容易放下這件事。

「這麼美好的六月裡的星期天，你們待在家裡簡直就是罪過！咱們去森林走走，怎麼樣？」紫達阿姨憑空出現，手中拎著滿滿一筐好吃的東西，準備去草地上野餐。

「不行啊！絕對辦不到哦！我這兒使勁抓緊時間才剛剛趕得上這個項目的最後期限！」媽媽毅然決然的回絕了。

「那我和艾伊卡兩個人去。孩子臉色白得就像雪絨花！」

兩人乘著紫達阿姨的老式轎車來到山腳下，然後沿著林間小道來到山中。

「深呼吸！慢慢來，放鬆的做深呼吸！像這樣子！」紫達阿姨揚起鼻子，閉上了畫著厚重藍色眼影的雙眼。

「什麼都不要想，只要專心注意自己的呼吸。氣息總是和你形影不離，永遠也別忘記。你的呼吸是你最忠實、最安靜、最溫柔的夥伴。有時候，你可別小瞧，很多想法會讓人感覺特別疲憊，這時你就要注意呼吸。你好好看一看自己的周圍！什麼都別想，就是好好的觀察！」

艾伊卡凝神調整了呼吸節奏，感覺好像有一條銀線，就是媽媽黑色毛衣上混織的那種，先是在鼻子裡，然後莫名其妙就消失了。

「所有的樹都一樣耶！」艾伊卡說。

「哦，天啊，我能指望城市裡來的孩子說些什麼呢？你已經是城市小動物了！真的是這樣！但你現在是在魔法世界裡！」

「你可別唬我哦！我早就不看童話故事書了，阿姨。我喜歡看圖解百科全書……我可以說給你聽，比如怎麼把這棵樹造成紙。我家裡有這本書，上次我讀到的內容剛好跟這個有關。」

「不，不要，千萬不要啊！你不會還想給我解釋人們怎麼把可憐的狐狸皮扒下來，然後做成漂亮的大衣領子，給那些穿得花枝招展、渾身香水味的夫人們穿吧？」

「狐狸都很奸詐狡猾啊！」

「這是人們瞎編出來的。狐狸就是聰明敏捷，沒有別的，要不然牠們也沒法在大自然裡生存啊。你看！」紫達阿姨叫了一聲，雙手像神父那樣交叉在胸前。「在大自然面前你可不要唬我哦！你知道嗎？我可是大自然的忠實擁護著。現在我要帶你去看看森林小精靈住的地方。」

「唉喲！」艾伊卡嘆了一口氣，她真的感覺今天這次旅行，就像是幼稚園給小朋友舉辦的活動。

一大一小兩個身影，先是在高大的松柏混合林中徜徉了一會兒，然後一起走向山中湍急的小溪。陽光透過茂密的

樹冠，對著小溪撒上了一片金光。溪水歡快的流淌，清澈得像水晶一樣透亮，水中的小石頭和植物清晰可見。小鳥們嘰嘰喳喳的叫著，溫暖的微風輕拂著艾伊卡的臉龐。她聞到了以前從未聞過的混雜著各種香味的空氣。她深深的沉醉在大自然的懷抱之中，這一切美好得簡直令人頭暈目眩。因為剛剛她望著小溪對岸的低矮灌木，好像灌木之中跳躍著森林小精靈。一個挨一個的站著，隨著微風擺動著身體。

「你看見我看見的了嗎？」艾伊卡呼出了一口氣。

「你看到什麼啦？」紫達阿姨很好奇。

「我看見，那些灌木只是假裝成灌木，他們實際上是森林小精靈。」艾伊卡輕聲的說。紫達阿姨也壓低聲音說：「我發現，你已經開始能看見其他人看不到的東西了。如果你能繼續好好的練習，你會在花叢中看到小花仙子，在樹上看到小野人呢！」

但當時有一個小精靈面部表情有點嚇人，朝著艾伊卡瞪圓了眼睛，然後像面對獵物的獵人一樣呲著牙。艾伊卡大叫了一聲，撲向紫達阿姨。她一遍又一遍的跟阿姨描述，在那一刻她看到了難以置信的景象。

「沒辦法，根據你說的，今天好像有一個小精靈的心情

不好。我們應該跟他示好。來，我們用草、小石頭和樹枝搭一個小的祭臺。」

紫達阿姨說做就做。艾伊卡搖搖頭，心裡很後悔，幹嘛把森林小精靈的事給說出來呢？現在也不知道他們都跑到哪裡去了，低矮的灌木叢還是低矮的灌木叢，什麼都沒變。艾伊卡不得不承認，阿姨搭的小祭臺真的是棒極了，她往上面插了一朵從腳邊採下來的野花。然後又勇敢的向小溪對岸望過去，但那裡的灌木叢一動也不動。

「唉喲！這兒簡直是沒——有——人——煙哪！」艾伊卡故意這樣抱怨，因為她有時也希望像沙諾那樣有一點煩人。

6 世界上最困難的事

哎，這個紫達阿姨！她可真是讓人費腦筋！艾伊卡心裡這樣想，因為她現在突然回想起來，正是紫達阿姨跟她講每個人在世界上都存在著另一個自己。艾伊卡必須去好好跟她談談這件事，要不然，她一天都會過得不踏實。艾伊卡跑進媽媽的房間，撥通了紫達阿姨家的電話。

「喂？你好，請說。」在話筒裡響起了老爺爺平靜但又稍微顫抖的聲音。「你好，老爺爺！是我，艾伊卡。我有

很急的事情要找紫達阿姨。」

「我女兒不在家耶。她熬了奶昔布丁，剛好拿出去給鄰居品嘗。據說鄰居昨天好像有什麼傷心事。小紫達想用熱葡萄酒蛋黃奶昔讓她朋友開心一點。對了，你有什麼事兒呢，小艾伊卡，可愛的小傢伙？」老爺爺在話筒那邊笑了起來。

「我想……嗯，我要……我也不知道，你能不能明白我的意思。紫達阿姨告訴我，在世界上每個人都有另一個自己。」

「她總是說這個！」

「但……我覺得這個說法很不錯！我正想找一找另一個自己。想認識她一下。只是要找到她可真是太難啦！」

「你知道，我要跟你說什麼嗎？在這個世界上還有一件比你說的更困難的事情哪！你要是了解了這件事，那就好像你認識了另一個你自己。」艾伊卡就像黑夜中的貓那樣好奇的睜

大了眼睛，馬上對這紫色的電話筒說道：

「老爺爺！你別故弄玄虛啦！快點說嘛，是什麼事兒？」

「最難的事情啊，是自己認識自己！你可以相信我說的！我在這個世界上跌打滾爬的時間總比我女兒要長吧？」

艾伊卡掛掉電話的時候，心裡想，老爺爺的話可沒讓她變得更聰明一些。老爺爺和紫達阿姨真是怪，說話總是打啞謎。最好還是給達爾卡打個電話，邀請她來家裡做客吧。要是強尼・吞在這兒該有多好！那一切都不一樣了，即快樂又沒有煩惱。就像他變的那些戲法一樣。艾伊卡又回想起那天和強尼一起站在噴泉旁邊的情景，覺得渾身莫名其妙有股癢癢的感覺。

那天和紫達阿姨一起走出那個奇怪的森林的時候，她就是這樣渾身莫名其妙有種癢癢的感覺。紫達阿姨對她說，離這裡不遠的地方有一處能治病的泉眼，她經常跑去泡，治療骨頭痛、關節痛的毛病。紫達阿姨在咖啡館的露天陽

臺上，幫艾伊卡點了一份帶奶油的冰淇淋，她自己則跑到帶臭味的水裡去泡溫泉了。

在溫泉勝地的小徑兩旁，還有露天陽臺的四周都開滿了絢爛的花朵，灌木叢也迸發著勃勃生機。艾伊卡突發奇想，這一切會不會都是童話中小精靈的傑作，他們一個個隱身其中，馬上就忍不住要現出原形了。太陽不像正午那樣炙烤著大地，已經變得柔和多了。

微風陣陣，傳來沁人心脾的花香。遠處的木亭子中演奏著音樂，一位女歌劇演員正在高聲唱著甜美的歌曲。艾伊卡感覺渾身癢癢的，趴在了大理石桌面上，慢慢進入了夢境。

開滿鮮花的灌木叢和花壇變成了一個山洞，下面全是水，水面上方有緩緩向上蒸騰的白色蒸氣。紫達阿姨從熱水般的湖中游過來，像一位歌劇演員那樣唱著：跳吧！跳到小池塘裡來，黃花九輪草女孩……

這時山洞中傳來陣陣笑聲，一個小矮人拍掌，和紫達阿姨一起開始了二重唱。

艾伊卡認出來，這就是那個生氣的森林小精靈。她嚇得緊緊貼著冰涼潮溼的山洞牆壁……紫達阿姨游了過來，抓著她的脖子就要往水裡帶。

艾伊卡大叫起來，睜開了雙眼。紫達阿姨為了叫醒艾伊卡，正蹲在她身邊用手指撓她的脖子。沒吃完的冰淇淋甜筒變成了各種顏色混在一起的奶昔。大黃蜂被檸檬果汁招待得心滿意足。

艾伊卡講了自己奇怪的夢境，紫達阿姨皺著鼻子不以為然的說：「我才不會寫出這麼差勁的詩句來呢！你聽這幾句，是我昨夜恰好滿月時寫的。我給這首詩取名為《花園之夜》。

盛著雨水的陶碗，
也盛著月亮低頭灑下的月光，
碗中流動的是整個宇宙……

「這就是一整首詩？」艾伊卡不可思議的眨著眼睛。

「喏，日本人早就寫過這類型的詩。」紫達阿姨好像很不甘心。艾伊卡想好好安慰她，馬上接著說：「在學校裡要是能學習這樣的短詩該有多好！你把這些詩都整理成詩集了嗎？」

「沒有。」

「為什麼不這樣做呢？」

「因為我夜裡寫詩，第二天早上起來我自己都讀不出來寫的是什麼。」說著就哈哈大笑起來。她舉起桌上那杯已經融化的冰淇淋，一口氣全給喝完了。

7 塔頂閣樓的探險

達爾卡在接到艾伊卡電話十分鐘後就跑來了。帽簷下金黃色的頭髮蓬鬆飄逸，湛藍色的眼睛纖塵不染，就像百年冰川那樣透澈。她用冰冷的雙手去掐艾伊卡的脖子。

「哎喲！」艾伊卡大叫了起來。

「外面像北極一樣冷。咱們出去在小河上滑冰好不好？」

「媽媽不讓我去。她信不過這條小河，也信不過河面上

的冰。你知道嗎？連夏天她都不讓我去河裡游泳。媽媽說河水流得很急，而且河裡很雜亂。」艾伊卡高興的說。達爾卡吃驚的挑高了眉毛，小嘴張成了圓形。

「正確說法應該是很髒。」達爾卡提出抗議。

「你肯定知道怎麼正確的用叉子吃點心和布丁吧？」艾伊卡揶揄自己的好朋友，但是又怕惹惱了把她氣走，馬上接著說：「要不咱們一起去塔頂探險？」

這簡直就像太陽打從西邊出來了！達爾卡吃驚得下巴差點落到地上來。

因為她知道艾伊卡從來不去塔頂的閣樓。通往閣樓有一

段陡峭的木質樓梯，艾伊卡甚至沒有膽量打開那扇在木樓梯前面的大門。

☆ ☆ ☆ ☆

就在幾個月以前，艾伊卡和媽媽搬進整修過的塔裡居住。有一次她和達爾卡一起坐在她房間裡的小木陽臺上，乾脆直白的說：

「整座塔還是不錯的，除了塔頂之外，那裡就像給傭人住的一樣。我想，我這一輩子一次都不會去塔頂的。」

「塔裡的傭人？簡直不可能的啦！」達爾卡尖聲的說。

她很少反駁比自己不知伶牙俐齒多少倍的好朋友，達爾卡的媽媽就是這樣評價艾伊卡。

「昨天夜裡塔頂發出了奇怪的聲音，聽起來就像演奏得很糟糕的音樂聲。有一次我回家，看見那上面亮著深紫色的燈光。我透過縫隙看到的。」

「你跟你媽媽說了嗎？」

「怎麼可能！」艾伊卡拉長了聲音說，「她肯定會笑我的！然後肯定會拉著我上去，讓我親眼看一看，那閣樓上什麼都沒有。嗯，有這麼一句讓紫達阿姨都受不了：『讓

非理性見鬼去吧！』」

「什麼東西？讓飛梨……什麼去見鬼？」達爾卡開始結巴起來。

「咳，就是讓所有智慧容不下的東西去見鬼。」

＊ ＊ ＊

從那以後，兩個小女孩就不太談論塔頂的閣樓。這是達爾卡本來不該提起的事情。她有這種感覺。但是連艾伊卡也不再講這個話題，可能每到落日，會從宇宙深處飛來個宇宙伯爵或是蝙蝠俠，要不就是會穿越時空的中世紀蝙蝠精……把塔頂閣樓占據為自己的老巢，從那裡瞭望世界。

所以這一次艾伊卡想要去塔頂閣樓的想法，著實嚇了達爾卡一跳。上次艾伊卡在那裡受驚嚇的事也嚇到了她，現在說什麼也不想去塔樓。她哥哥沙諾總是在家裡沒完沒了的像管風琴一樣叫：

「在塔裡鬧鬼——在塔裡有個鬼——在塔裡鬧、鬧、鬧

鬼！」沙諾故意齜牙咧嘴。然後自己忍不住狂笑起來。只是……誰知道呢！達爾卡現在心裡直犯嘀咕，怎樣才能從這個塔樓逃出去。幸好，艾伊卡現在又想起了別的事兒：

「你說……你想想看，每個人都有另一個自己，這種事是不是也是智慧容不下的東西？」

「啊哈哈哈！」達爾卡迸出了一陣笑聲，艾伊卡皺緊了眉頭。

「你笑起來就像打嗝一樣！要是有什麼事你不明白，至少不要傻呵呵的大笑！」有時候艾伊卡對自己的好朋友非常嚴厲，但是達爾卡並不生氣。

「你這關於另一個自己的想法，到底是哪兒來的？」

「今天早上紫達阿姨說的。」

「那讓她給你解釋啊！」

「她正在跟她那悲傷的朋友大吃特吃奶昔布丁呢！」

「喔，這樣啊，沒準圖書館裡的藏書對這個問題有研究。」

「圖書館的大人區不讓孩子們去，在兒童區我們只能讀小雪人啦、老妖婆之類的書了。」

最後還是艾伊卡的媽媽替達爾卡解了圍，不用再去管那個嚇人的塔樓。

只見艾伊卡的媽媽滿臉紅通通的跑進房間，雙眼炯炯有神，一頭秀髮閃著光亮。

「原來你們在這裡啊，小老鼠們！我們剛剛在底下把手上的工作都處理完了。那……該開始去購物了！真的沒有比買東西更好的休息方式了。更別提現在要準備聖誕節的禮物了！」艾伊卡的媽媽就像小學生似的那麼興奮，差一點就要在房間裡翩翩起舞了。有什麼不知名的東西悄悄的扎了一下艾伊卡的心。一定是丹尼爾又給媽媽打電話了。媽媽一接到他的電話，表現得就像個孩子似的。她媽媽已經不能再把她當孩子了！更可惡的是，在那種時刻，媽媽

就不屬於她——艾伊卡了。所以她嗆了媽媽一句：「每個人自己買自己的聖誕禮物。」

「你這個狡猾的小東西！我們一起去給老爺爺、紫達阿姨還有我工作室裡的同事們買禮物……」

「還有給太空人買。」

「沒錯，還給丹尼爾買！好了，好了你！別白費心思了！今天你可氣不到我，因為我剛剛完成一件苦差事，你讓我喘口氣吧！讓我好好享受一下什麼也不用做的樂趣，哪怕只有幾個小時。」

艾伊卡和媽媽總是這樣子交談，就像兩個成年人或是兩個小孩子，真是讓達爾卡大開眼界。在他們家裡，規矩可不一樣。她和沙諾不許跟媽媽頂嘴，因為爸爸馬上會在他們的屁股上拍幾下。但是另一方面……艾伊卡沒有爸爸，更別提什麼嚴厲的爸爸了。她是一個沒有爸爸的孩子，還住在一座奇怪的塔裡。艾伊卡害怕塔頂的閣樓，說不定她也是害怕那位來自太空站、滿臉鬍子的丹尼爾。艾伊卡沒有兄弟姊妹，現在也不知道和自己一模一樣的那個人到底在哪裡。達爾卡暗暗想著。

「你們倆不要像蒸籠上的包子那樣在這裡呆坐著！趕快穿好外套到汽車裡去！倒要看看我能不能把那輛破汽車發

動起來。」

媽媽拍著手催著兩個女孩加快動作，她倆像得了命令一樣從床上彈起來跑去穿衣服。

8 把媽媽搶走的敵人

那個人——艾伊卡一直這麼叫丹尼爾——是去年聖誕節才認識的。那時她還和媽媽住在一個小公寓裡，那個人還沒有來，一切都那麼平靜，只有她們倆個人。媽媽正要點亮聖誕樹上的彩燈，突然門鈴響了。走進來一個身材高大的、瘦瘦的男人，鬍子和眼鏡上都沾著雪花，鏡片後的一雙小眼睛模模糊糊的。艾伊卡媽媽把他的眼鏡摘下來，用自己的長裙把鏡片上的霧氣擦乾淨。那個人用手指拂過了

媽媽的頭髮。艾伊卡吃驚的看著眼前的這一切，儘管陌生人帶來了很多禮物，但就在那一刻，她對這個來和她們一起用晚餐的男人充滿了敵意。

看到艾伊卡在晚餐後也沒有去打開自己的禮物，媽媽驚奇的問：「你今年不想趕快看一看聖誕樹底下的禮物嗎？」

艾伊卡走近媽媽，悄悄在她耳邊說：「媽媽，讓那個人快點走！」

媽媽輕輕的皺了一下眉，搖了搖頭，徑自去把音樂的聲音調大，然後繼續和那個人喝著肉桂煮紅酒。（譯注：肉桂煮紅酒是斯洛伐克聖誕期間的流行飲品，紅酒中加入肉桂、香草和適量的砂糖，一起煮開，聞起來有肉桂的香氣，在寒冷的聖誕節給人溫暖的感覺。）

那個聖誕夜，艾伊卡送給媽媽的禮物是一本自己製作的小書，文字和插圖都是自己創作的。書名是《一顆無名的小星星》，在書裡講的就是這一顆小星星的故事，因為沒有名字也沒有朋友，所以它很苦惱，很想從天上來到人間找一個小女孩做好朋友，希望她能把自己別在頭髮上或是當作耳環釘在耳朵上。

「真是個驚喜！講的是小星星這樣的一個故事。這真是

個好兆頭，丹尼爾。」媽媽饒富興味的翻看著手中艾伊卡用小別針裝訂的小書。

「你知道咱們的客人丹尼爾是做什麼工作的嗎？我想我還沒跟你說過吧。他是天文學家，在天文館工作。」

那個人微微一笑，眨了眨眼睛說：

「你寫了關於小星星的書？我真高興！星星真的就是我的世界。你知道，星星是由什麼組成的嗎？」

艾伊卡只是聳了聳肩膀。

「是由原子和氣體組成的。現在真的很有可能正在形成一顆星星，或是一個新的太陽系。但是在宇宙裡，這個過程非常非常慢。你知道嗎？當一個大恆星消耗完自己所有的光和熱，核心就會枯竭，然後會引發劇烈的爆炸。這樣會把星星外層的物質通過超高的速度向宇宙拋散，這就是超新星爆炸。

「簡直太震撼了！」媽媽感嘆著說。艾伊卡沉默不語。

「我們在哪裡呢？」媽媽問。

「我們嗎？在我們的星系裡——銀河系。這是一個成千上萬光年的大磁盤，包含了幾千億顆星星。最古老的據說已經有一百多億歲了。我們的太陽有四十五億歲了……」

「那些爆炸了的星星，後來又怎樣了呢？」艾伊卡忍不

住也跟著問。

「超新星爆炸中向宇宙散發的原子，就像旅行家那樣，在宇宙中穿行幾千萬年。老恆星在發生超新星爆炸以後，會有一部分原子和太陽形成的時候混在一起。也有的參與了地球的形成……甚至還有的現在就在我們的身體裡。曾經有人像吟詩一樣說過這麼一句話：為了更加了解我們自己，我們首先要了解恆星。我們都是恆星的灰塵，是已經消亡了很久的行星的塵埃。」

在那一刻，艾伊卡感覺她什麼都沒聽懂。有種想哭的感覺。媽媽聽那個人的演講簡直着了迷。艾伊卡親手製作的

star

小星星的故事書，就這樣躺在裝滿殘羹剩飯的盤子之間，真是可笑！什麼好兆頭？艾伊卡心裡想。她盯著自己的指頭看來看去：

「在這裡能有星星的塵埃？真是胡說八道！」就像每次感覺不滿意的時候，艾伊卡又鼓起了小腮幫子。

兩個女孩已經坐上了汽車後排位子，艾伊卡的媽媽努力啟動汽車，卻是白費功夫，汽車引擎起先發出了聲響，但

馬上又熄火了。

「我就說過！真是輛破汽車！沒辦法，咱們只能坐公車或是走路去了。還好，不會買太多東西。」

就這樣，她們從大塔所在的死巷子往城裡走，一路上逐漸熱鬧起來。在櫥窗裡都點亮了彩燈，耶誕老公的玩偶到處在點頭招手，街道上空懸掛著很多巨大的花環，被五顏六色的聖誕彩球妝點得喜氣洋洋。這真是一條非常漂亮的街道，和去年聖誕夜艾伊卡偷偷從家裡跑出來時，看到的街景完全不同。

9 離家出走的聖誕節

當艾伊卡早上醒來的時候，在走廊透過浴室半開的門看到了那個人，正站在媽媽身後，一手摟在媽媽肩頭，一手為她梳頭。兩個人都在鏡子裡注視著對方，安安靜靜，沒有一句話，只是默默的微笑。

「媽媽快被他勒死了，她還傻笑！」艾伊卡有生以來第一次用這麼不好的字眼形容媽媽。

「他倆會結婚，會有很多孩子，然後媽媽就會把我給忘

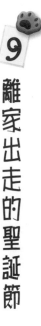

了。她只會想著自己的那些建築、那個人和他們的孩子。她可能會把我送到什麼孤兒院去……」艾伊卡腦袋亂成了一團麻，心裡還隱隱作痛。她悄悄的罵了好幾句很不好聽的話，只不過這一次再也沒有提到媽媽。艾伊卡十分迅速麻利的穿好衣服，拽了一件外套，把靴子、帽子和手套也拿出來，還有……她又跑到衣帽間，在沙發上看到媽媽的手提包。她從錢包裡抽出了幾張紙鈔，稍微遲疑了一下，乾脆把整個錢包都拿走了。她躡手躡腳打開大門，沿著樓梯跑出公寓大樓。

「我有資格這麼做！帶上錢逃走吧！誰讓他們先這樣對

我呢！」艾伊卡氣鼓鼓的，其實她的內心悄悄的譴責了自己一番。她踏著水泥路上已經融化的積雪，邊走邊嘀咕這幾句話，一路上全是這幾句。在車站，她跳上了開往火車站的無軌電車。

艾伊卡在火車站準備買車票去那個緊挨著森林的小鎮，她曾經和紫達阿姨在那片森林裡給小矮人搭過祭臺。

「你幾歲了，我的孩子？」火車上的驗票員問。

「十二歲了，」艾伊卡沒有絲毫猶豫，脫口而出，其實她才十歲多一點點。

「那你的父母呢？你這個年齡不可以獨自出行！」驗票

員皺起了眉頭，搖了搖頭說道。

「現在年輕的父母啊！真不負責任！讓這麼小的孩子獨自旅行！」

「什麼？說我小？我可一點也不小了！」艾伊卡心裡暗自生氣，驗票員繼續向前面幾乎空著的車廂走去。

「你怎麼這樣心不在焉的？你在想什麼呢？」媽媽雙手扶著艾伊卡的肩膀問，「我已經問第二次了，你到底喜不喜歡這條送給紫達阿姨的中式圍巾？」

「我也不知道。也許她可以用這條圍巾蓋在鳥籠上，給那隻金絲雀遮光。我們回家吧！一點意思都沒有！」

「回家？我們才剛來幾家商店而已！你也覺得沒意思嗎，達爾卡？」

「我覺得很好玩啊。我真的很喜歡這樣逛街。」

「你們家人會不會已經在等你回家了？」

「不會啦！媽媽在烤點心，爸爸一定在看電視。」

「你不想給他們帶點禮物回去嗎？我先借你，等你有錢的時候再還我。」

「一百年以後吧！」艾伊卡先回了一句。

「一百年後也沒關係呀，」媽媽大笑起來，「就像紫達阿姨說的，那時候我就是世界上完全不同的另一個人了！」

艾伊卡在火車站候車大廳裡，也曾聽過媽媽同樣的笑聲，那時她已經被凍得直打哆嗦。當時火車已經載她來到那個靠近森林的小鎮，她正不知如何是好，耳朵裡傳來

rain station

媽媽銀鈴般清脆的笑聲，突然她覺得好傷心。她獨自一個人，在陌生的小鎮，空空蕩蕩的車站，而那個人可能還在家中的浴室裡擁抱著媽媽，他們完全沒有發現，艾伊卡已經不在家裡了。

艾伊卡想著：「如何能從火車站出去找到那片森林，那裡住著很多小矮人和仙女……森林裡的雪一定又白又鬆軟。只要往雪地上一躺，就像躺在厚厚的羽絨被上一樣，很快就會凍僵了。晚些時候人們找到我的時候，我那時應該已經變成冰娃娃了，媽媽會哭瞎了眼睛。」就在那時，車站的一位工作人員走了過來：

「我猜你沒有迷路吧，我的孩子？」她很關心的問。

「我？我嗎？……我只是剛剛到這兒，」艾伊卡緊張得有些結巴，因為眼前的這位胖胖的溫柔女士就像媽媽一樣，把她從自己美好的想像中揪了出來。

「父母就這樣讓你自己出門？」

「沒錯。」艾伊卡故意這樣說。

「那，寶貝，你要去哪裡？」

這一回艾伊卡沒有回答。

「如今這些年輕的父母啊！」這位女士像火車上的那位驗票員一樣嘀咕了一句。

「那你叫什麼名字？從哪裡來的？」女士輕輕摸了摸艾伊卡被雪花打溼的帽子問道。融化的雪水就像眼淚般，從頭上流到艾伊卡的臉頰上。艾伊卡全都如實回答了，因為她心裡盼著這位胖阿姨趕快回到自己工作的地方去，以便她可以繼續設想自己的死法。其實她到目前為止從來沒有想過，人們為什麼會死去。可能是以為他們生病或者老去？那孩子們呢？死去的原因必須是從家裡逃出來嗎？這個想法讓她心中一震。應該可以找到不用死去的法子吧？但如果真的要死，她會經歷什麼事呢？會飛到某一個有魔法的神祕地方嗎？或許是那些大海上不知名的小島？或是

她會變成一塊石頭，就像老爺爺說的那樣？她突然想起紫達阿姨以前告訴過她，有一個驅趕腦子裡混亂念頭的辦法：集中注意力去呼吸。氣息的銀線現在就像一段鋒利的鏈條，艾伊卡的鼻子開始發癢，真正的眼淚順著臉頰慢慢流下。

「我們逛街收穫不小，咱們去甜點店喝杯茶吧！」媽媽提議。灰色的天空似乎向下投放了更多的光亮，滿街的

燈火更加明亮了。達爾卡說她必須回家了。因為他們家一會兒就要開始晚餐了。艾伊卡的媽媽親了親她的臉頰，往她的口袋裡塞了一大塊巧克力。兩個好朋友揮手道別，艾伊卡看著達爾卡的背影慢慢變小，一下子隱入了滿街的人海。艾伊卡和媽媽一起走向甜點店的時候，不禁又回想起自己人生第一次的離家出走。

10 為什麼感到害怕呢？

那次出走的壯舉結束得可不太光彩，而且實在是太短了。車站的那位女士覺得形單影隻的小女孩有點不對勁。按照艾伊卡提供的家庭住址，她很快在電話簿上找到了艾伊卡媽媽的號碼，她們取得了聯繫。然後那位女士很狡猾的請艾伊卡來她辦公室喝點熱茶。水才燒開，艾伊卡剛從胖胖的茶杯裡輕輕呷了一口香茶，媽媽的汽車就正好停在火車站大樓的門口了。

「妳這樣做，什麼問題也解決不了，艾伊卡。」當她們兩人坐進汽車，行駛在回家的路上時，媽媽開口勸導。

「這麼做一點也不明智。這件事還沒有完。感謝老天，現在還有這麼多熱心腸的人！你看不慣丹尼爾，對吧？我猜對了嗎？如果你不再生我的氣，那我就原諒你做的這一切。」

「這也不難猜到啊！」艾伊卡暗想。但是有些話實在說不出來，就像無形的手指掐住了她的喉嚨。

「你要真出了什麼事，我真的會發瘋的，」媽媽邊開車邊說：「我只有你，」媽媽補充說。艾伊卡不服氣的聳了

聳肩，鼓起了小腮幫子。

「我們還是好朋友吧？咱們無話不說，這個約定還算數吧？」

艾伊卡一直沉默不語，側著頭透過車窗看著窗外。

「哎！我竟有這樣的煩心事！」媽媽嘆了一口氣。「你在害怕什麼？你到底怎麼了？如果丹尼爾來家裡做客讓你覺得彆扭，那真是沒必要。他是一個非常好的人。」

就在那時，艾伊卡突然轉過身來，兩手猛地推了媽媽的肩膀。一個急剎車！媽媽嚇得臉都白了，扭曲得像是換了一副陌生的面具。

「太過分了！你先是離家出走……啊，現在……現……我們倆剛才可能就因為你……你這個被溺愛嬌慣壞了的傢伙，出車禍喪命！」

媽媽嚷了幾句，然後呼吸開始急促起來，最後兩個人幾乎是同時，開始放聲大哭起來。

甜點店裡的客人擠得滿滿的，從收音機流出的音樂和各種甜點的香味混在一起。艾伊卡真的已經坐不住了：

「媽媽，你已經喝了第二壺茶了！咱們什麼時候回家啊？你一直不停的在看手錶……」

但是媽媽的表情就像獅身人面像那樣不可思議。

11 天文館的「地球之夜」

艾伊卡離家出走以後很長一段時間，媽媽的舉止表現得很奇怪，像是封閉了自己。那個人再也沒有來過。艾伊卡知道，媽媽就是因為這個原因很傷心，但是不管怎樣，媽媽畢竟又重新只屬於她了。

「這就對了！這才是應該的嘛！」艾伊卡這樣想。

冬天走遠了，春天到了。四月，發生了這麼一件事。

艾伊卡放學回家的路上，在一條小巷子裡差點撞在了那

個人身上。當她剛想快點離開的時候，那個人扶了一下鼻梁上正在下滑的眼鏡，很簡短的說：

「很高興又見到你，艾伊卡。」

「您好！」艾伊卡回過神來說。

「多美好的一天啊。今天真的很特別。你知道今天是什麼日子嗎？」

艾伊卡聳了聳肩。

「地球日。所有保護大自然的人們今天都在慶祝。我們的天文館晚上有一場『地球之夜』活動。我們會唱很多歌，和森林還有野狼……有關，我們還會打鼓。在天文館的穹頂上還有星空的投影。如果你能來，我們還會為你找到一顆小星星……」

當時下午艾伊卡告訴媽媽，說晚上想去天文館的時候，媽媽吃驚得張大了嘴巴。「地球之夜」真的很美！

人們在穹頂下有的坐著，有的躺在沙發椅上，一同仰望著穹幕投影，投影上變換著各種圖片，有美麗的森林……林中的各種植物，還有山中的動物和鳥類……

年輕的女歌手清亮的嗓音非常動人，另外兩位長髮的男孩一起用吉他伴奏。還有一位光頭男子正在打鼓，脖子和手臂上戴著印第安風格的項鏈和手環。

女歌手唱的歌有的很不尋常，有的卻又很優美動聽，還有一些聽起來十分悲傷。艾伊卡聽出曲調中，好像有流水潺潺的聲響，也有大樹隨風搖曳的沙沙響，還有地球悲傷的傾訴自己被破壞的大自然……她唱著：

一味索取的人群湧動，
就像趕不走的種種噩夢。
在球上唯我獨尊，萬物哭訴……

還有些曲子，館中的人們全都情不自禁的一起跟著唱：

我們來自同一個地球，
我們情同手足，
我們來自同一處源泉，
我們噙著相同的眼淚。
我們是同一團火焰，
我們都有一個夢想。
我們團結一體，
我們唇齒相依。
地球是你我共同永遠的家園。

有一首和狩獵有關的歌曲，聽得艾伊卡都快哭出聲來。歌詞講述的是獵人無情的向狼群射擊，受傷的野狼為了活下去，為了不想被人類關在鐵籠子裡，牠用鋒利的牙齒咬斷了自己受傷的後腿。這首歌就像奄奄一息的野狼在對天控訴：

我永遠不想沒有理由的失去生命，
不是被擒住，就是會死去。
人類不是因為飢餓才想殺了我，
無緣無故只想要了我的命。

緊接著，人們頭頂的穹幕慢慢變暗，慢慢的出現了亮閃閃的星空。群星閃耀，夜空浩瀚，偶爾還有一顆流星劃過天際。穹頂的投影好像是真正的夜空。在這一大片黑暗之中，艾伊卡感覺到，好像有一種無形的力量慢慢把她從沙發上托起，一直送到閃爍的星空裡，就像在大海裡暢游的人們，她就在這無窮無盡的深藍色星空中遨遊，和深沉的寂靜融為一體……

地球之夜之後，發生了變化。艾伊卡開始稱呼那個人為天文學家或者直接叫名字丹尼爾。她媽媽好像獲得了新生，再也不用頂著滿頭鬆散的長髮走來走去，眼底周圍的

黑眼圈也消失得無影無蹤，就連緊皺的眉頭都慢慢舒展開了。

12 那顆星是另一個我嗎？

媽媽今天比以前更頻繁的看手錶。艾伊卡已經察覺到了，這是媽媽故意延長回家的時間，她們在街上沒完沒了的散步，媽媽似乎有什麼計畫。艾伊卡有點不開心，天色已經暗了，而且她走路走得腿都疼了。

「你好像瞞著我想幹什麼！」艾伊卡突然開口說，而且停住了腳步。一點也不想再往前走。地面上的雪花已經結成了薄冰，開始有點滑了。

「別這麼說！能有什麼瞞著你的？」

「我正是想聽你告訴我！我們為什麼在外面遛了這麼半天？我們該買的都買了。茶也喝飽了。連達爾卡都受不了了。」

「她哪裡有受不了，她家裡很嚴。不像你，你享有完全的自由，你知道嗎？」

「跟那個有什麼關係？」

「有什麼關係？就因為你還是個孩子。我給你很大的自由，但你還不能完全像大人一樣理解所有的事情。為了讓我們能理解更多，我們都需要再成長。」

艾伊卡不想在雪越下越大的雪地裡跟媽媽談論這些。她完全不曉得，媽媽為什麼要說這些話。

「你舉個例子，我有什麼不能理解的？」

「比如……愛情。等你將來有了心愛的人，才能理解。」

艾伊卡差點笑出聲來，差一點點她就脫口而出：

「我有心愛的人啊！」

但是媽媽接下來說的話很奇怪：

「好了！我想，現在應該是時候了！咱們回家吧！」

她們剛一走進她們家的小巷，艾伊卡就看到了！她渾身

打了一個激靈，手中捧著的準備送給紫達阿姨的中式圍巾差點掉在地上。透過塔樓的縫隙閃著燈火。亮藍亮藍的顏色，很冷，非常危險！

「有燈！塔頂亮著燈！我不去那兒！我可不回這座可怕的高塔！我早就知道，塔頂藏著什麼東西！我有一次聽見了聲音。有鬼的聲音！還是住在公寓裡好！」

「我的老天，你的眼睛真厲害！」媽媽完全平靜的說，「這本該是給你的驚喜，是送你的聖誕禮物。我必須在街上就告訴你，要不你這個小楞腦袋瓜，今晚還不準備回家去了！那上面是丹尼爾。」

「……丹尼爾？他就是我的聖誕禮物？怎麼又來了！」

媽媽忍不住笑出聲來：

「不完全是。你看……你去上學的時候，我們就把塔頂的閣樓收拾了一下。我們換了房梁和地板，開了一個天窗……你去看看！接下來我可不告訴你了。去吧，自己去看看，你這個膽小的孩子！」

丹尼爾迎接艾伊卡和媽媽進門的時候完全鬆了一口氣。

「大功告成了！」他叫道，「你們回來的正是時候！」

在塔頂的閣樓裡有木地板和油漆的味道。在閣樓中間有一個巨大的圓筒，正對著閣樓的天窗。艾伊卡小心翼翼的研究著它。

「我帶來一架特殊的天文望遠鏡，專門用來觀察夜空的。承諾的話一定要兌現。我答應要為你找一顆小星星的。現在雪已經停了。今晚的夜空一定很晴朗。我們來看一看月亮……」

「哇！看起來就像是小烏龜的肚子耶！就像大理石做的一樣！」艾伊卡正從望遠鏡的一端仔細的盯著看，興奮的叫出聲來。丹尼爾在一旁微笑著說：

「或者咱們再看看金星……那顆星像閃爍的燈光那樣明亮，透過望遠鏡，你可以看看她，」丹尼爾稍稍矯正了一下望遠鏡的焦距。

「我……我看見了一個漂亮的大球耶！」

「這就是我們稱作金星的行星。現在我們一起來找一找你的另一個自己。」

「你說什麼？」艾伊卡放下神奇的大球，睜圓了眼睛望著丹尼爾問。這個戴眼鏡的天文學家是怎麼猜到她的祕密的？他怎麼知道她腦子裡在想什麼？世界上不存在這樣的

望遠鏡啊。

「你幹嘛覺得這麼奇怪？」媽媽在一旁問。

「因為我整天都在想另一個自己！紫達阿姨早上告訴我說，世界上每一個人都有另一個自己。」

「啊哈！但是她忘了告訴你，另一個自己到底是在地上，還是在天上，」媽媽哈哈笑了起來，但是這一次艾伊卡一點也沒有生氣。

十二月寒冬的夜幕已經完全籠罩了大地。艾伊卡已經換好了睡衣，目不轉睛的看著浴室中的鏡子。鏡子裡的小女孩有一雙好奇的眼睛，齊齊的日本式瀏海，自言自語說：

「今天這一天可真是特別啊！由一個祕密開始，結果由一個更大的祕密結束。有東西包裹著我們的房子，這個城市，還有世界上所有的城市，包括我們自己。這就是我今天透過望遠鏡看到的一切……」然後艾伊卡自豪的挺直了腰板。

「但是最大的祕密就是，我有了喜歡的人。就像那些真正的女人一樣……」艾伊卡笑著看著鏡子中的自己，然後踮起腳尖，輕輕的親了一下鏡子，就好像鏡子裡的是強尼的臉。

當艾伊卡磨磨蹭蹭的重新躺回自己的床上，她透過窗戶望見了月亮。現在沒有望遠鏡，她感覺月亮很小，像一顆無助的小雞蛋懸掛在浩瀚無邊的大洋上。

在像烟火般絢爛的繁星之中，有一顆不知名的小星星在輕微晃動。也許這就是丹尼爾今晚為艾伊卡透過望遠鏡找到的那顆小星星。一閃一閃，就像隱身的小女孩，正在無邊無際的夜空中翩翩起舞。也許這一顆真的就是另一個艾伊卡。

★導讀★

你也在你的塔裡嗎？

王淑芬（兒童文學作家）

我們為何要讀小說？首先，小說是人生最好的預備，小說的各種情境讓我們感同身受、同悲同樂。若讀到美好結局，會心滿意足，期許自己也如此，於是無形中認同書中正面積極的行為與心態；讀到悲慘或令人憤怒的情節，則會生出同情與理解，有助於將來面對真實生活的類似狀況。

這本小說有沒有這項功能呢？當然有。這個十歲的女孩艾

伊卡，帶領我們感受她五味雜陳的生活：住在古蹟塔裡，太奇妙了！有個知己好友，太開心了！有個懂得神祕學的開朗阿姨，加上與阿姨反差很大的老爺爺（注重科學），這對可愛父女，讓日子增添趣味，太幸運了！

然而，媽媽竟然交起男朋友，難道，媽媽對自己的愛，就要被奪走？太生氣了！好友哥哥老是喜歡嘲弄自己，動不動就話裡藏針，簡直是語言霸凌，太可惡了！最讓人掛在心上的，是偷偷喜歡的馬戲團男孩，他，輕輕的初吻……這就是戀愛嗎？碰碰的心跳中，既美好又有一點不安。

這些，全都是準備邁入青春期少年少女的人生鏡面。本書作者蒐集了完整的少女心思，將它們投射照映在書裡，讀者在這些鏡面中，看到曾有的、或此刻的、或未來的年輕思緒。我們在小說裡預習或溫習它們，像被作家溫暖的擁抱祝福著。

然而這本書更成功之處，是為讀者展示高明的創作技巧。讀小說的第二個功能，便是賞析它、讀通它，進而增強自己的文學功力。本書有兩處創作亮點，建議你一定要注意：「結構」與「象徵」。

你覺得這本小說跟從前讀過的，是不是有點不同？比如，一開始，你可能有點困惑：這一章講的是從前，還是現在？

這就是本書的最大亮點：採「意識流」結構，它是現代小

說中很重要的一種形態。意識流的簡要定義是：呈現角色的心中想法，包含所有的意識、無意識等。比如我們可以在腦中同時想著「上學遲到了、那部電影真好看、昨天的炸雞好香、天氣變冷了」等紛亂、流動的想法，人的內心世界其實十分跳躍。

小說史上最著名的意識流例子，是愛爾蘭作家喬伊斯的《尤利西斯》，大一點的讀者不妨找來讀讀。

少年小說採用意識流寫法的並不多，因此，本書作者願意挑戰，不採傳統順敘寫法，讓讀者能讀到多元的文學風景，值得讚許。讀者不妨想想，這本書採取意識流，其必要性或優點是什麼？

情竇初開、又加上對媽媽新戀情的疑慮，當然容易引發準青春期女孩的胡思亂想。所以，意識流結構，反而成功營造出艾伊卡東想西想的忐忑。初讀時，我認為先不必在意每段情節的先後，因為我們腦海中，整天也是這樣亂糟糟的胡想呀。

讀到最後一章，看到「今天這一天可真是特別啊！」，你可能才想起，原來書中從頭到尾，只有一天。此點跟《尤利西斯》一樣，整整十八章只講了一天中十八小時發生的事。首次讀完可先暫停，回味書中氛圍濃厚的片段：在艾伊卡初吻中，體會女孩的感傷與歡喜；在森林與精靈相遇中，體驗超脫

現實的靈性時刻。等到讀第二遍，再試著梳理書中那些事件的時間順序，這是很好的邏輯練習。

除了帶來新意的結構，第二個亮點是書中大量的「象徵」。

象徵也可說是「隱喻」。優秀作家寫的書中人、事、物，通常不是隨意的，必定是想藉著它們，告訴讀者真正的涵義。在此列舉本書幾個重要象徵：

一、塔。

為什麼主角與媽媽要住在塔裡，甚至列為書名？

提到塔，我們最容易想到被拘禁的公主，或相反的，「象牙塔」是形容脱離現實的想像。有意思的是，這兩種意象，共存在艾伊卡身上。她的人生小苦惱（例如：對媽媽男友的敵意抗拒），意味著她將自己禁錮在塔裡；但她也喜歡在堅固的塔中，安全的盡情想像。最後一幕，媽媽與新男友為艾伊卡在塔頂開窗，裝設望遠鏡，讓她從塔中了解外頭浩瀚世界，更是充滿象徵意義。

我們每個人，是否也會不自覺的為自己築起高塔，拒絕什麼、或害怕什麼，因而躲在塔裡，不輕易出門或迎進新的可能？塔，象徵心裡的高聳障礙，或自我設限。

二、角色的背景設定。

比如：馬戲團男孩，象徵戀情給人的繽紛感覺，像馬戲團令人眼花撩亂的演出。媽媽是建築師，會給艾伊卡蓋堅牢的屋宇；媽媽男友是天文學家，會引領艾伊卡飛向自由廣闊；一個向天、一個落地，天地之間，象徵艾伊卡其實是被守護與引領著。紫達阿姨與父親的「神祕vs.科學」，也暗喻既然艾伊卡對這兩類截然不同的人都喜愛，也該包容其他人（指媽媽的男友）。

三、尋找另一個我。

這是貫穿全書（開始與結束）最重要的主軸。象徵意義或許可以連結到心理學家佛洛伊德的「本我、自我、超我」理論。人的性格中，都可能存在著想要「揮別、超越」本來的欲望，提升自己成為更好的人。書中的尋找，象徵的是成長。充滿成長期煩惱的「本我」，終於在家人、好友與自己的努力下，與理想中的「超我」，合而為一。

想想看，書中還能找到哪些有意思的象徵？例如：森林精靈，或老爺爺的石頭，有沒有特殊涵意呢？

閱讀，起先讀到的是樂趣，繼而讀到成長。藉著本書，我們可以想想，自己目前是不是也住在某一座塔裡？

★推薦文★　李明足（兒童文學作家）

用故事砌一座愛之塔

翻開《艾伊卡的塔》——

你好像在閱讀長篇感性散文。

你在劇場看少女青春蛻變劇。

你好奇這故事的時間軸會流動，說現在又像說過去，猶如超現實畫家達利的軟鐘。

怎麼有這麼豐富的想法呢？因為你正在讀一本多層次的精

彩短篇小說。

有趣的是，讀著讀著，讀者好像跟著書中小女孩爬上古塔裡巨蛇般的鐵樓梯，隨著一階階親情、愛情、孤獨、理解、自我認同等拾級而上，砌成一座有故事的愛之塔。當站在塔頂，你將看到這小說中不同以往的成長故事和敘事風格。

首先這樣的敘事風格是一部典型的意識流作品。翻開第一、二頁和最後一頁同時提到：「今天早上……」和「每一個人在世界上都有另一個自己」，故事鎖定一天之中的生活細節而開展。

但隨著主角艾伊卡的內心獨白，情節不斷的在過去和現在

擺盪，讀者得知這對母女才剛搬來古塔幾個月；而一年前她因不滿媽媽交男朋友而離家出走，母女親情遇到很大的考驗。又藉由艾伊卡的聯想以蒙太奇意象重組手法呈現，讀者窺知她與神祕學紫達阿姨、地質學老爺爺，和好友達爾卡、初戀強尼等以過往點滴連結現狀生活。其實看到的故事比一天多很多很多。

不同於平鋪直敘的小說，這種書寫手法使讀者可自主參與情節布局，故事讀來更為深刻。

此外，本書作家來自斯洛伐克，除了在字裡行間聞到異國行文情調外，作者擅長用抒情筆調詩化故事。故事開場，艾伊卡好奇「世界上有另一個自己」？她這樣描繪困惑的思緒：「好像蜜蜂會不停的圍著蜂蜜罐或是果汁，不停的嗡嗡打轉，怎麼趕也趕不走。」；當艾伊卡和紫達阿姨去森林裡尋找精靈，那如夢似幻的「陽光透過茂密的樹冠，對著小溪撒上了一片金光。……好像灌木之中跳躍著森林小精靈。一個挨一個的站著，隨著微風擺動著身體。」；其他描寫艾伊卡水霧般的初吻、沮喪的逃家心情、觀賞星空的飄浮感受等等。她還引用該國浪漫詩人楊科的愛戀詩句：「TO MOJE SRDCE NA DVOJE SA KÁLA, ŽE TÚŽBY HORIA A VÔĽA ZAHÁĽA.（我的心與你緊緊相依，渴望在燃燒，意志卻消散。）」我們讀到

的不只是故事，也領受了文學與美學的陶冶。

本書的另一個特色是以第三人稱限知觀點來敘述，即以「艾伊卡」視角，符合十歲女孩的口吻、女孩的想法、女孩的行為。故事生動描寫女孩的初戀與離別：與馬戲團強尼的初吻，把他的來信藏在抽屜暗格中，強尼離開後，她朝著「馬戲團離開的方向一直奔跑」；描繪青春期的好奇：會從鑰匙孔偷看法國艾田爺爺，會和好友偷抽菸，嗆出眼淚，事後吃牙膏、開窗戶來掩護；描摹青春期敏感易受傷的心：當媽媽的愛被瓜分，媽媽的關懷被剝奪，她逃家、無助、最後安全返家。

到底追尋的過程中，艾伊卡看到、領悟到什麼？

她找到「另一個自己」了嗎？她的心中是否壘聚一座愛之塔？

作者如何引導青少年自我認同，如何讓故事展演下去？

看完這部小說，你是否已站在用愛砌成的塔頂，仰望星空，找到「另一個我」？

★推薦文★黃筱茵（童書翻譯評論工作者）

溫柔又曲折的成長心情

成長的心事曲折綿密，有時候孩子嘰嘰喳喳，藉由很多話語尋找出口；還有更多時候是難以言喻的心情、煩惱與期待，會在孩子的腦際繞呀繞，變成轟隆轟隆的聲音，或是瑣瑣細細的矛盾情緒，徘徊不去。半大不小的孩子往往需要一段時間調適自己與世界和周遭人事物的關係，這段青春歲月充滿了可能性，卻也需要細心的成人同時給予空間與包容。

《艾伊卡的塔》這部情感細膩的作品，用溫柔間或慧黠的筆觸，道出十歲小女孩艾伊卡與媽媽共同生活的快樂與擔憂。讀者們看見艾伊卡生活中震盪的喜怒哀樂，隨著她的歡喜與煩憂，見證成長過程裡的蛻變與希望。

艾伊卡最大的考驗其實是媽媽好像喜歡上一位男性友人。望著兩人開心談笑的身影，艾伊卡就是沒辦法欣然接受，在一股強烈的情緒後，她逃離她們母女居住的塔房，獨自搭上火車往去過一次的遠方小鎮出發。這次逃家行動當然沒有輕輕鬆鬆就成功，不過艾伊卡後來逐漸體會了媽媽的某些心情，也學會用新的眼光，看待她身邊的關係以及對自我的定位。

國家圖書館出版品預行編目資料

艾伊卡的塔 / 雅娜.博德娜洛娃(Jana Bodnárová)文；
南君圖；梁晨譯. -- 初版. -- 臺北市：幼獅, 2019.12
面；　公分. -- (小說館；28)
譯自：Dievčatko z veže

ISBN 978-986-449-179-7(平裝)

882.659　　108017870

·小說館028·

艾伊卡的塔 Dievčatko z veže

作　　者＝雅娜・博德娜洛娃Jana Bodnárová
譯　　者＝梁晨Chen Liang Podstavek
繪　　圖＝南君
出 版 者＝幼獅文化事業股份有限公司
發 行 人＝李鍾桂
總 經 理＝王華金
總 編 輯＝林碧琪
編　　輯＝黃淨閔
美術編輯＝李祥銘
總 公 司＝(10045)臺北市重慶南路1段66-1號3樓
電　　話＝(02)2311-2832
傳　　真＝(02)2311-5368
郵政劃撥＝00033368

印　　刷＝龍祥印刷股份有限公司
定　　價＝300元
港　　幣＝100元
初　　版＝2019.12
書　　號＝ 987251

幼獅樂讀網
http://www.youth.com.tw
幼獅購物網
http://shopping.youth.com.tw
e-mail:customer@youth.com.tw

行政院新聞局核准登記證局版臺業字第0143號

ok has received a subsidy from SLOLIA Committee, the Centre for Information
ture in Bratislava, Slovakia.
IA斯洛伐克文學信息中心（布拉迪斯拉發）補助出版